Le Petit Prince

小王子
Le Petit Prince

安東尼・聖修伯里 ——著

Antoine de Saint-Exupéry

獻給里昂‧韋德

　　孩子們，請原諒我把這本書獻給一個大人，我會這麼做是有原因的，因為這個大人是我在世界上最好的朋友；因為這個大人了解所有的事情，即使是一本寫給孩子的書；因為，這個大人正在法國過著飢寒交迫的生活，非常需要安慰。如果這些理由都還不能說服你原諒我，那麼，我就將這本書獻給他的童年，畢竟所有的大人都曾經是個孩子，只是他們都不記得了。所以，我將獻詞改為：

　　獻給還是小男孩的里昂‧韋德

一

　　在我六歲的時候，曾經在一本描寫有關原始森林，叫做《真實故事》的書上看到一張精彩的插畫，畫著一條蟒蛇正在吞食野獸。那張畫就像這個樣子：

書上說：「蟒蛇完全沒有咀嚼，就把獵物整個吞進肚裡，然後動也不動地長眠六個月，慢慢消化肚子裡的東西。」

當時的我經常幻想自己在叢林冒險，於是我拿起彩色鉛筆完成生平第一幅畫。我的第一號作品看起來像這樣：

我把我的傑作拿給大人看，問他們會不會覺得很可怕。

他們回答我：「一頂帽子有什麼好怕的？」

我畫的並不是一頂帽子，而是一條正在消化大象的蟒蛇。為了讓大人

看清楚，我把蟒蛇的內部也畫出來。這些大人總是需要別人解釋給他們聽才行。我的第二號作品就像這樣：

大人們勸我別再畫這些蟒蛇，應該把精神放在地理、歷史、數學和文法上面。就這樣，在我六歲的時候，放棄了當畫家的夢想。第一張和第二張畫的失敗讓我很灰心，大人們總是不願意動腦筋，老是要孩子們一遍又一遍地解釋給他們聽，這實在是一件很累人的事。

後來我選擇了另一個職業──我學會了開飛機，世界各地差不多都飛

遍了。地理知識發揮了很大的作用，只要瞧一眼我就可以辨別中國和亞利桑那州的差別。尤其在夜間迷航的時候，地理知識真的很實用。

在我的一生中，接觸過不少嚴肅認真的人。和大人們長久往來，也仔細觀察過他們，但是並沒有改善我對他們的觀感。

每當我遇到一個看起來頭腦清楚的人時，我就會將一直保存著的第一號畫作拿給他看，我想知道他是否看得懂。但是他們的回答都一樣：

「這是一頂帽子。」

此時，我不會再跟他談蟒蛇，也不談原始森林，不談星星。我會把話題轉移到他有興趣的橋牌、高爾夫球或是政治、領帶什麼的，而他們也都會很高興認識一位像我這樣講理的人。

二

　　我就這樣孤單地生活著，身邊沒有任何談得來的朋友，直到六年前在撒哈拉沙漠飛機失事。飛機的引擎不知道哪裡壞了，當時既沒有維修機師，也沒有同行的乘客，我只好獨自完成艱難的修復工作。對我來說，這可是攸關生死的問題，因為剩下的水恐怕只能維持一星期。

　　第一天晚上，我在遠離人煙的沙漠入睡，比海上漂流的遇難者還要孤獨。因此在第二天清晨，當我被一個細微的聲音叫醒時，你可以想像我有多麼的驚訝。那個聲音說：

這是後來我畫他畫得最好的一幅肖像畫。

「請……畫一隻綿羊給我！」

「什麼！」

「幫我畫一隻綿羊！」

我像是被雷打到似的跳了起來，揉一揉眼睛，仔細打量眼前的一切。我看到的是一位非常奇特的小小孩，正認真地看著我。這裡有一張畫像，是我後來畫他畫得最像的一張。他本人比這張畫好看多了，但這不是我的錯，在我六歲的時候畫家生涯就被大人們扼殺殆盡，除了那些蟒蛇之外，我再也沒有畫過別的東西。

那時候我目瞪口呆，驚奇地看著這位出現在我眼前的小小孩。別忘了，當時的我身處遠離人煙千里的荒涼沙漠，而這小人兒看起來絲毫不像是迷了路，他看來一點也不疲倦，一點也不餓，一點也不渴，一點也不害

15

怕。他看起來完全不像是在荒漠中迷路的孩子。當我終於能開口說話時，我問他：

「你……你在這裡做什麼？」

他沒有回答我，卻又慢慢地，彷彿有什麼重要的事般的重複道：

「請……畫一隻綿羊給我……」

當神祕的力量太過強大時，人們總是難以抗拒。在遠離人煙的沙漠中，我正面臨著死亡的威脅，卻還是從口袋裡掏出了一張紙和一枝筆。準備下筆時，突然想起自己只學過地理、歷史、數學和文法。我有點不高興地告訴那位小人兒說我不會畫畫。他回答說：

「沒關係，畫隻綿羊給我吧！」

我從沒畫過綿羊，只好為他畫了我生平唯一畫過的兩張畫中，看不見

蟒蛇肚子的那張。這個小人兒的回答讓我目瞪口呆：

「不！不！我不要肚子裡裝了大象的蟒蛇。蟒蛇很危險，象又太大了。我住的地方很小很小，我要一隻綿羊，畫一隻綿羊給我。」

於是我畫了一隻羊給他。

他專心看著羊，然後說：

「不行！這是一隻生重病的羊。再幫我畫一隻。」

我再畫一張。

這次我的朋友笑了，客氣地說：

「你看，你看⋯⋯這不是綿羊，這是頭公山羊，牠的頭上還長了兩隻角呢。」

於是，我又重新畫了一張。但是和剛才一樣，他還是不滿意。

「這隻太老了，我要一隻可以活得很久的綿羊。」

我開始不耐煩了，因為我急著要修理引擎，於是我草草畫了一張，還隨口說：「這是個箱子，你要的綿羊就在裡面。」

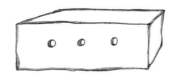

　　沒想到這位小小的評審臉上亮起一絲欣喜的光彩：

　　「這就是我要的，你覺得這隻綿羊需要很多草嗎？」他的笑容讓我非常驚訝。

　　「為什麼這麼問？」

　　「因為我住的地方很小很小……」

　　「一點點就夠了，真的。我給你畫了一隻很小很小的綿羊。」

他把頭靠近那張畫。

「不像你所說的那麼小……你看！牠睡著了……」

就這樣，我認識了小王子。

三

　　我花了很多時間才弄清楚他從哪裡來。這位小王子問了我很多問題，卻對我的發問充耳不聞，只有從他不經意透露的隻字片語，才一點一點地拼湊出他的一切。就像他第一次看見我的飛機的時候（我最好還是別畫，對我來說，它太複雜太難畫了），他問道：

　　「這是什麼東西呀？」

　　「這不是東西。它會飛，這是一架飛機，我的飛機。」

　　我很驕傲地告訴他我會飛行，他立刻叫道：

「什麼？你是從天上掉下來的？」

「沒錯。」我謙虛地回答。

「啊！這很有趣！」

小王子清脆的笑聲讓我很不高興。他應該嚴肅看待我悲慘的遭遇才是。然後他又說：

「那麼，你也是從天上來的嘍！你是從哪個星球來的？」

我敏銳地察覺到他謎樣身世中的一線曙光，很快地反問：

「你是從別的星球來的？」

他並沒有回答這個問題。他盯著我的飛機看，輕輕地搖搖頭。

「不對，坐這種東西不可能從很遠的地方來……」

接著他陷入一段漫長的沉思中。等他回過神來，才從口袋掏出我畫給他的綿羊，仔細盯著。

你可以想像我對他可能來自「另一個星球」這件事有多好奇。我想辦法要知道更多。

　　「小傢伙，你到底是從哪裡來的？你住在哪什麼地方？你要把我畫的綿羊帶到哪裡去？」

　　他默默地想了一會兒才回答我：

　　「幸好你給我那只箱子，晚上的時候，可以當作小羊的家。」

　　「當然啦，如果你聽話的話，我還可以幫你畫一條繩子，白天讓你可以綁住牠。哦！再畫一根柱子可以給你繫繩子。」

　　我的建議似乎讓他很反感。

　　「拴起來？這個想法好奇怪！」

　　「如果你不把牠拴起來，牠會到處亂跑，萬一走失……」

　　我的朋友又笑了起來：

「你想牠會跑到哪裡去？」

「隨便哪裡都行，牠會一直往前走。」

小王子認真地說：

「沒關係，我住的地方很小很小。」

「就算牠一直往前走，也去不了多遠……」他的聲音充滿感傷。

四

　　我知道的第二件關於小王子的事，
就是他住的星球只比房子大一點點！
　　這沒什麼好驚訝的。我很清楚，
除了地球、木星、火星、金星這幾個
曾被命名的大行星之外，宇宙間
還有成千上百個星球，有的小到即
使用望遠鏡都很難看到。當一位天文學家發現
類似的小行星，就會給它一個編號，例如：「325小行星」。

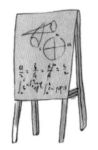

我有確切的理由相信小王子來自B612小行星。這顆小行星是在一九○九年被一位土耳其天文學家所發現，他在國際天文學會上提出一篇很長的報告說明，但是眾人看到他那身土耳其傳統服飾，沒有人願意相信他說的話。大人就是這樣！

幸好，為了挽回B612星球的名聲，土耳其的獨裁者強迫所有人民改穿歐洲服飾，否則就處以死刑。一九二○年，這位天文學家穿著優雅體面的服裝重

新發表演說，這一次大家都認同了他的看法。

　　我之所以不厭其煩地告訴你們小行星B612的這些細節和它的編號，都是因為大人的緣故。大人們喜歡數字，當你向他們提起一位新朋友時，他們永遠不會問你真正重要的問題。他們絕不會問你：「他的聲音怎麼樣？他喜歡玩什麼遊戲？他有收集蝴蝶標本嗎？」他們只會問：「他幾歲了？有幾個兄弟姊妹？他多重？他的爸爸賺多少錢？」大人總是認為，了解這些才是認識這個人。假如你告訴那些大人們說：「我看見一間漂亮的房子，是用玫瑰色的磚瓦砌起來的，窗戶爬滿了天竺葵，屋頂上還有鴿子……」他們無法想像，你應該告訴他們：「我看到一間價值十萬法郎的房子。」他們會大

B 6 1 2 小行星上的小王子

叫：「哇！那棟房子一定很漂亮！」

　　同樣的， 假如你告訴他們：「這個小王子存在的證明，就是他很可愛，臉上掛著笑容，而且他想要一隻綿羊。當一個人想要一隻綿羊，就可以證明他是存在的。」這時他們會聳聳肩， 認為你胡說八道！ 但是假如你告訴他們說：「小王子來自那個叫B612的小行星。」就能說服他們，不再追問你一堆問題。大人就是這樣。小孩子應該多體諒大人，不要過分苛求他們。

　　當然，在我們這些了解何謂人生的人眼裡，編號完全無法代表什麼！我曾經想用童話故事的方式來訴說小王子的故事，開頭像是這樣：

　　「很久很久以前，有一位小王子，他住在一個和他差不多大小的行

星上，他需要一個朋友……」對我們這些懂人生的人來說，這樣的說法更真實。

　　我不希望別人隨隨便便讀這本書，因為在我訴說這些往事的時候，心裡還是很難過。我的朋友帶著他的綿羊離開已經六年了。我之所以寫下這段故事，是希望自己不要忘記他，因為忘記朋友這件事太讓人悲傷了，不是每個人都曾經擁有過真正的朋友。我可能也會變成那種只在乎數字的大人，因此，我買了一盒顏料和幾枝鉛筆，想把我的小朋友畫下來。到我這年紀要再重新畫畫的確不容易，尤其是除了六歲時嘗試畫過的蟒蛇之外，再也沒有畫過其他東西。當然，我盡可能試著將這些景象畫得逼真，只是我一點把握也沒有。也許這

一張還不錯，另一張就不怎麼樣。身材比例也抓不準，有時把小王子畫得太大，有時候又太小，衣服的顏色也讓我猶豫了很久。我東塗西改，可能把一些重要的細節弄錯，這點只能請大家原諒。因為我的朋友從來不解釋什麼，他以為我跟他是一樣的。可惜的是，我沒辦法透過箱子看裡面的綿羊。我想，我開始跟大人有點像，我一定是老了。

五

　　每一天，我對小王子的星球都
會多了解一些，例如他為何離開，以
及旅途中發生的事情。這些都是在他
回想的時候無意中透露出來的。就這
樣，在第三天的時候，我知道了猴麵
包樹充滿戲劇性的故事。

　　話題起源還是得感謝綿羊，那天
小王子突然非常擔心地問我：

　　「綿羊真的會吃灌木嗎？」

　　「嗯，是真的。」

　　「太好了！」

　　我不懂為什麼羊吃灌木這麼重
要。小王子想了一下又說：

「這麼說來，綿羊也吃猴麵包樹嘍？」

我提醒小王子猴麵包樹跟小灌木不一樣，它是像教堂一樣高大的樹，即使帶一群大象回去，也沒辦法把一棵猴麵包樹給吃掉。

一群大象的想法讓小王子笑了。

「牠們應該一隻一隻疊起來。」

他很認真地說：

「猴麵包樹在開始長大以前，也是小小的。」

「沒錯！可是為什麼要讓綿羊吃小猴麵包樹？」

小王子回答：「唉！這很明顯啊！」他的話似乎在告訴我，那是一件理所當然的事。可是我卻絞盡腦汁才了解問題所在。

原來小王子住的星球上和別的

星球一樣，有好的草也有壞的草。不用說，好的草來自好的種子，壞的草來自壞種子。但是種子是看不見的，種子沉睡在泥土裡，直到其中一顆突然甦醒，伸伸懶腰，害羞地迎著陽光露出可愛的嫩芽。如果是蘿蔔或玫瑰的嫩芽，小王子就讓它自由長大；如果它是有害的，在能夠辨別出來的時候，就應該立即把它拔掉。話說回來，小王子住的星球上有一些可怕的種子，那就是猴麵包樹的種子，土壤常被它給侵占，如果晚一點拔除，就沒有人能夠拔掉它。它會占據整個星球，樹根穿透地表，如果星球太小而猴麵包樹太多，就會爆裂掉。

「這是紀律的問題。」小王子後來向我解釋。

「每天早上一梳洗完畢，就要先

猴麵包樹

仔細整理我的星球。只要在玫瑰叢裡發現猴麵包樹的樹芽（它們的幼芽長得很像），就要馬上拔除。這個工作很無聊，但並不難。」

有一天，他勸我好好畫張漂亮的畫，讓地球上的孩子都能牢牢記住這件事。他告訴我說：「將來有一天他們出門旅行，這張畫會很有幫助。有時候人們拖延自己的工作，不會有什麼大問題，但是，假如遇到像猴麵包樹苗的事，就會變成大災難。我曾經到過一顆星球，上面住了一個懶鬼，他忘記拔掉三棵小樹苗，結果……」

於是，根據小王子的說明，我把長滿猴麵包樹的星球畫了下來。我討厭說教，可是大家似乎都不明白猴麵包樹的危險性，對那些誤入小行星的人來說，也是很可怕的。這次我得打

破冬慣學例於。

　　「孩兒子啊們於！小臺心臺猴兒麵於包之樹於啊啊！」為於了之警臺告經大於家臺，我於花兒了之很兒多之心臺力之畫系這之張之圖於。多之花兒精之神兒是於值至得之的之。也至許臺你之會於問於，為於什臺麼之這之本之書於裡於其之他之的之畫系都之沒兒有兒猴兒麵於包之樹於那於麼之壯系觀系呢之？答於案於很兒簡臺單於，我於試於過系了之，但於沒兒有兒成兒功系。在於我於畫系猴兒麵於包之樹於時於，內於心臺非之常兒急之切臺擔於憂兒，才於能之完於成於這之樣於的之作於品於。

六_{ㄌㄧㄡˊ}

啊ㄚ！小ㄒㄧㄠˇ王ㄨㄤˊ子ㄗˇ，就ㄐㄧㄡˋ這ㄓㄜˋ樣ㄧㄤˋ，我ㄨㄛˇ
慢ㄇㄢˋ慢ㄇㄢˋ了ㄌㄧㄠˇ解ㄐㄧㄝˇ你ㄋㄧˇ小ㄒㄧㄠˇ小ㄒㄧㄠˇ的ㄉㄜ˙帶ㄉㄞˋ有ㄧㄡˇ憂ㄧㄡ傷ㄕㄤ
的ㄉㄜ˙生ㄕㄥ活ㄏㄨㄛˊ。有ㄧㄡˇ很ㄏㄣˇ長ㄔㄤˊ的ㄉㄜ˙一ㄧ段ㄉㄨㄢˋ時ㄕˊ間ㄐㄧㄢ，
你ㄋㄧˇ唯ㄨㄟˊ一ㄧ的ㄉㄜ˙樂ㄌㄜˋ趣ㄑㄩˋ就ㄐㄧㄡˋ是ㄕˋ看ㄎㄢˋ著ㄓㄜ˙太ㄊㄞˋ陽ㄧㄤˊ
下ㄒㄧㄚˋ山ㄕㄢ。我ㄨㄛˇ是ㄕˋ在ㄗㄞˋ第ㄉㄧˋ四ㄙˋ天ㄊㄧㄢ早ㄗㄠˇ晨ㄔㄣˊ才ㄘㄞˊ
知ㄓ道ㄉㄠˋ這ㄓㄜˋ件ㄐㄧㄢˋ事ㄕˋ。 那ㄋㄚˋ時ㄕˊ你ㄋㄧˇ對ㄉㄨㄟˋ
我ㄨㄛˇ說ㄕㄨㄛ：「我ㄨㄛˇ真ㄓㄣ的ㄉㄜ˙好ㄏㄠˇ喜ㄒㄧˇ
歡ㄏㄨㄢ看ㄎㄢˋ日ㄖˋ落ㄌㄨㄛˋ，

我們現在就去看日落吧……」

「但是得要等等……」

「為什麼？」

「等太陽下山。」

剛開始你一臉迷惑，回過神來就開始嘲笑自己。

「我還以為自己還在家裡！」

大家都知道，美國的中午，就是法國夕陽西下時。只要能夠在一分鐘之內趕到法國，就可以看到日落，可惜法國太遙遠了。但是在小王子的小小行星上面，不論何時你想要看夕陽，只要把椅子挪動幾步就行了。

「有一天，我看了四十四次日落！」

過了一會兒，你又說：

「你知道……當一個人非常悲傷的時候，就喜歡看日落。」

「看ㄎㄢˋ四ㄙˋ十ㄕˊ四ㄙˋ次ㄘˋ日ㄖˋ落ㄌㄨㄛˋ那ㄋㄚˋ天ㄊㄧㄢ，你ㄋㄧˇ一ㄧˊ定ㄉㄧㄥˋ很ㄏㄣˇ悲ㄅㄟ傷ㄕㄤ嘍ㄌㄡˋ？」

小ㄒㄧㄠˇ王ㄨㄤˊ子ㄗˇ沒ㄇㄟˊ有ㄧㄡˇ回ㄏㄨㄟˊ答ㄉㄚˊ。

七

　　第五天，還是得再次謝謝那隻綿羊，我知道了更多小王子的祕密。彷彿經過漫長靜默的思考，他突然問我：

　　「綿羊如果會吃灌木，牠也會吃花嘍？」

　　「綿羊碰到什麼就吃什麼。」

　　「帶刺的花也吃嗎？」

　　「帶刺的花也吃。」

　　「那刺有什麼用啊？」

　　我不知道。那時候我正忙著把卡在引擎裡的螺絲弄下來，飛機故障很嚴重，水也快喝完了，我很擔心，心裡

非常著急。

「那刺有什麼用呢？」

小王子一旦問了問題，就絕不放棄。我被那根螺絲激怒了，隨便回他一句：

「那些刺根本什麼用也沒有，只不過是花朵的惡作劇。」

「哦！」

一陣沉默後，他語帶埋怨地斥責我：

「我才不相信你！花朵天真又嬌弱，總是千方百計想保護自己，她們相信有了刺就能令人畏懼……」

我沒有回答他，那時候我心裡想著，要是這根螺絲釘再弄不下來，我就用鐵鎚敲掉它。

小王子打斷了我的思緒：

「你真的覺得那些花……」

「不是！不是！我什麼都不覺得！我只是想到什麼說什麼。我沒空！我現在忙著重要的事！」

他呆呆地盯著我。

「重要的事？」

他看著我手裡拿的鎚子、指頭上的油汙，彎著腰對著在他看來非常醜陋的東西。

「你的口氣就跟那些大人一樣！」

這些話讓我有點尷尬。他又無情地說：

「你什麼都搞不清楚……你把一切都搞混了！」

小王子非常地激動，他在風中甩著他的金髮。

「我曾經去過一個星球，上面住著一位紅臉先生。他從來沒有聞過花香、

沒有看過星星，他誰也不喜歡。除了算數以外，沒做過別的事。他跟你一樣整天只會說：『我有重要的事要忙，我是一個認真的人！』他看起來很驕傲，但他根本算不上一個人，只是一朵蘑菇罷了。」

「他是什麼？」

「一朵蘑菇！」

小王子氣得臉色發白。

「幾百萬年來，花身上都長著刺。幾百萬年來，羊也還是在吃花。難道想辦法了解花為什麼會長那些沒用的刺，就不重要嗎？羊和花之間的戰爭就不重要嗎？這不是比那位紅臉先生的數字更重要？如果我認識一朵世界上獨一無二的花，只長在我的星球上，而一隻小綿羊在某天早晨一下子就輕易地把她吃掉，卻還不曉得自

己做了什麼，這難道不重要嗎？」

他漲紅了臉，接著說：

「如果一個人愛上了億萬顆星星中獨一無二的一朵花，只要仰望星空，他就會感到快樂。他會告訴自己：『我的花就在那裡的一顆星星之中……』但是，要是綿羊吃掉了花，對他而言，天上的星星都將黯淡無光！這些事難道都不重要嗎？」

他再也說不出任何話來，眼淚悄悄地落了下來。

夜幕低垂，我放下手裡的工具。我把鎚子、螺絲釘、飢渴和死亡都拋在腦後。在一顆星球上，在我的行星上，在這個地球上，有一個小王子需要安慰！我把他抱在懷裡，輕輕搖著他：

「你愛的那朵花不會有事的……

我會畫一個口罩給你的小羊，再幫你的花畫一些柵欄……我會……」我不該說什麼，我覺得自己太笨了，不知道怎樣才能進入他的內心。眼淚的世界，真的非常神祕。

八

　　很快地，我就知道了更多關於這朵花的事。在小王子的星球上有一些很簡單的，單層花瓣的花，這些花不占空間，也不妨礙任何人。清晨時她們在草叢中默默綻放，到了晚上又默默地凋謝。有一天，不知哪裡飄來的一顆種子發了芽，和其他種子非常不一樣。小王子特別觀察這株與眾不同的新苗，心想：說不定是新品種的猴麵包樹！

　　但是這株新芽很快就不再長大，而且開

始準備開花。花苞一天一天長大，小王子心想，一定會開出一朵奇妙的花來。可是那朵花躲在綠色的花萼裡，花很多時間打扮自己。她精心地挑選顏色，一片一片地整理自己的花瓣，她不願意像罌粟花那樣皺巴巴地現身，一心一意只想讓人驚豔。是的，她是如此的愛美，因此她神祕的裝扮就這樣持續了好幾天。一天清晨，太陽升起的那一刻，她終於綻放了。

雖然花了很多時間打扮自己，她卻打著呵欠說：

「啊！我剛剛睡醒，花瓣亂糟糟的，不好意思……」

小王子完全被她吸引住，用充滿愛慕的口吻說：「妳好美啊！」

「可不是嗎？」花兒輕輕地說：「我是和太陽同時誕生的呢！」

　　小王子發現這朵花不太懂得謙虛，不過她的確美麗動人！

　　她接著說：「我想，現在應該是早餐時間了，可以請你體貼一點想想我的需要嗎？」

　　小王子有點尷尬地找了一個澆水壺，用清澈的水細心澆灌花兒。

　　從此，這朵花開始用她善感的虛榮心讓小王子飽受折磨。比方說，有一天

談到她身上的那四根刺：

「我已經準備好要對抗那些有爪的老虎！」

小王子回了一句：「我的星球上沒有老虎，而且老虎也不吃草。」

「我不是草。」花兒輕聲地說。

「喔！ 對不起！」

「我不怕老虎，可是我怕風。你沒有屏風嗎？」

「怕風？這對花草來說是很麻煩的事！」小王子心想，這朵花還真是複雜難懂。

「晚上你要用玻璃罩把我蓋住，這裡很冷，又不舒服，我原來住的地方……」

她突然停住。她來的時候還只是一顆種子，根本沒見過別的世界。她對於自己撒了個天真的謊話覺得有

些懊惱，於是咳了兩、三聲，好讓小王子覺得愧疚。

「屏風呢？」

「我正要去找，可是妳剛才一直說個不停。」

花兒又用力咳了幾聲，好讓小王子覺得不安。

儘管小王子真心喜歡她，還是立刻對她產生懷疑。小王子把一些無關緊要的話看得太過認真，反而苦了自

己。

　　有一天他告訴我：「也許我不應該相信她的話。花兒說的話怎麼可以當真呢？我們只要看看花，聞聞她們的香氣就好了。花讓我的星球芳香四溢，我卻不懂得去享受。一聽到老虎的事就開始生氣，其實我應該同情她才對……」

他還說：「我當時真的什麼都不懂！我應該看她做了什麼，而不是從她的話去判斷她，她讓我的生活充滿芬芳和光彩，我卻離開了她！我應該猜到在她驕傲的外表下隱藏的深刻情感。花兒是如此表裡不一！只怪我當時太年輕，不了解什麼是愛。」

他細心地打掃活火山。

苗，他非常悲傷，覺得自己不會再回來了。而在這最後一天的早上，所有這些熟悉的工作對他來說是如此親切珍貴。當他最後一次澆花，準備替她蓋上玻璃罩時，覺得自己很想哭。

「再見！」他對花說。

但花兒沒有回答他。

「再見！」他又說了一次。

花兒開始咳嗽，但不是因為感冒。

她終於開口：「我太愚蠢了，請你原諒我。我希望你快樂起來。」

花兒沒有抱怨，這讓小王子非常驚訝。他不知所措地拿著玻璃罩。他不懂她為什麼如此安靜、溫柔。

「是的，我愛你。」花兒對他說：「都是我的錯，不過，現在一點都不重要了，其實你也和我一樣傻。我希望

你能快樂……把玻璃罩拿開吧，我不再需要它了。」

「可是風……」

「我不是那麼容易著涼的，夜晚清涼的空氣對我有益，我是一朵花。」

「要是有動物呢？」

「我如果想認識蝴蝶，就得忍受兩、三隻毛毛蟲。蝴蝶很美，而且除了牠們，還有誰會來看我？你就要到遙遠的地方去了，至於野獸，我一點都不怕，你看，我有刺呀！」

她天真地亮出四根刺，然後又說：

「不要再拖拖拉拉了，真煩！既然下定決心要走，就走吧！」

她不願意讓小王子看到她流淚。她真是一朵非常驕傲的花……

十

　　小王子的星球附近還有325、326、327、328、329和330這幾顆小行星。他開始拜訪這些星球，讓自己有點事好忙，也增長見聞。

　　第一顆星球上住著一位國王，他穿著一件紫紅色貂皮長袍，坐在樣式簡單卻很威風的寶座上。

　　當他看見小王子時大聲喊著：「啊！來了一個子民。」

　　小王子心想：「他根本沒見過我，怎麼會認識我呢？」

　　他不知道對國王來說，這世界非常簡單，所有的人都是他的子民。

國王非常驕傲，他終於成為某人的國王了。「過來一點，讓我好好看看你。」

小王子環顧四周，想找個地方坐下，可是整個星球都被國王的禮服占據，他只得站著。因為長途跋涉的緣故，他疲憊地打起呵欠。

國王說：「在國王面前打呵欠是不禮貌的，我禁止你打呵欠。」

「我真的忍不住，」小王子尷尬地說：「我經過了漫長的旅程才到這裡，都沒睡覺⋯⋯」

「那好吧！我命令你打呵欠。幾年來我都沒看過人家打呵欠，這對我來說很新奇。來啊！再打一個呵欠，這是命令！」

「這太有壓力了⋯⋯我現在打不出呵欠來了。」小王子滿臉漲紅。

「哼，哼！那我……我命令你一下子打呵欠，一下子不打呵欠……」國王有些不高興，講話開始結巴。

身為一個國王應該受到尊敬，他無法容忍別人違抗他的命令。不過他是一位善良的國王，命令都很合理。

他常常說：「假如我命令一位將軍變成一隻海鳥，而將軍不服從，這不是將軍的錯，是我的錯。」

「我可以坐下嗎？」小王子害羞地問。

「我命令你坐下。」國王回答他，還莊重地拉一拉那件大禮袍。

小王子覺得很奇怪，這麼小的行星，國王還需要統治什麼？

他對國王說：「陛下……請容許我問您一個問題。」

「我命令你問問題。」國王急忙

說。

「陛下……您統治些什麼？」

「一切。」國王簡潔地回答。

「一切？」

國王用手指了指他的星球、其他的星球和所有的

星星。

「統治一切？」小王子說。

「統治一切。」原來他不只是一個集權的國王，整個宇宙都是他的。

「那些星星會服從您的命令嗎？」

「當然！」國王說：「它們必須服從，我不能忍受別人反抗。」

這麼大的權力讓小王子驚嘆不已。假如他擁有這種權力，那麼他一天就不止看四十四次日落，他可以看七十二次，甚至一百次、兩百次的日落而不必挪椅子。小王子想起被他拋棄的那個星球，心裡非常難過，他鼓起勇氣向國王提出一個要求：

「我想看日落，請求您，命令太陽下山吧！」

「假如我命令一位將軍像蝴蝶一

樣從一朵花飛到另一朵花，或命令他寫一齣悲劇，甚至變成海鳥，要是他不執行我的命令，那麼，是他的錯還是我的錯？」

「當然是您錯了。」小王子堅定地回答。

「這就對啦！」國王接著說：「向別人提出要求應該是合理的，權威要建立在理性的基礎上。假如你命令老百姓去跳海，他們一定會反抗。我有權要求別人服從，就是因為我的命令是合理的。」

「那麼日落呢？」小王子提醒國王，他一旦提出問題，就不會放棄。

「我會讓你看到日落。但是，依照我的統治原則，必須等到適當時機才可以下命令。」

「要等到什麼時候？」小王子問。

國王翻開一本很厚的月曆，「嗯！大約……大約在今天晚上七點四十分的時候，到時候你會看到太陽服從我的命令。」

　　小王子打了呵欠。錯過日落雖然很可惜，但是他開始有些厭倦，於是對國王說：「我在這裡沒什麼好做的，我要走了。」

　　「別走！」以自己擁有子民為榮的國王說：「別走，我任命你為我的大臣！」

　　「什麼大臣？」

　　「司……司法大臣！」

　　「可是沒有人可以審判呀！」

　　「這很難說，」國王說：「我很老了，這裡空間又小，沒地方停放馬車。我還沒有完整地巡視我的王國呢。」

　　「哦！但是我已經看過了。」小王

子說，一邊回頭看星球的另一面。

「那邊一個人也沒有……」

「那麼，你可以審判自己啊。審判自己比審判別人要困難很多。如果你能好好地審判自己，你就會是一個有智慧的人。」

「審判自己？我可以在任何地方審判自己，沒必要留在這裡。」

國王又說：「那麼，我想想看……對了！這裡有一隻年紀很大的老鼠，在晚上可以聽見牠的聲音。你可以審判牠，判死刑也沒關係。不過你要小心使用權力，每次審判後就要赦免牠，因為牠是這個星球上唯一的一隻老鼠。」

「我不喜歡判人死刑，我想我還是走吧。」

「不行！」國王說。

小王子準備好要離開了，但是他不想讓國王傷心，他說：「假如陛下想讓我服從，陛下可以給我一個合理的命令，譬如命令我在一分鐘之內離開，我覺得現在正是下令的適當時機……」

　　國王沒有回答。小王子猶豫了一會兒，嘆了一口氣，就走了。

　　「我任命你當我的大使！」國王匆匆忙忙地喊著，他的樣子看起來很有威嚴。

　　「這些大人真奇怪。」小王子踏上旅途，邊喃喃自語地說。

十一

　　第二個星球住了一個愛慕虛榮的人。

　　「啊！有仰慕者來拜訪了！」這個人一看到小王子，從大老遠的地方就大喊起來。對愛慕虛榮的人來說，每一個人都是仰慕者。

　　「你好，你的帽子好奇怪。」小王子說。

　　「這個是用來致意的。」愛慕虛榮的人回答：「每當人們為我歡呼時，我就用帽子向他們致意，可惜從來沒有人路過這裡。」

　　「是嗎？」小王子不太明白他的

意˙思ㄙ。

「你ㄋㄧˇ用ㄩㄥˋ左ㄗㄨㄛˇ手ㄕㄡˇ拍ㄆㄞ一ㄧ下ㄒㄧㄚˋ右ㄧㄡˋ手ㄕㄡˇ。」愛ㄞˋ慕ㄇㄨˋ虛ㄒㄩ榮ㄖㄨㄥˊ的ㄉㄜ˙人ㄖㄣˊ教ㄐㄧㄠ他ㄊㄚ。

小ㄒㄧㄠˇ王ㄨㄤˊ子ㄗˇ拍ㄆㄞ起ㄑㄧˇ手ㄕㄡˇ來ㄌㄞˊ，然ㄖㄢˊ後ㄏㄡˋ愛ㄞˋ慕ㄇㄨˋ虛ㄒㄩ榮ㄖㄨㄥˊ的ㄉㄜ˙人ㄖㄣˊ便ㄅㄧㄢˋ舉ㄐㄩˇ起ㄑㄧˇ帽ㄇㄠˋ子ㄗˇ向ㄒㄧㄤˋ小ㄒㄧㄠˇ王ㄨㄤˊ子ㄗˇ致ㄓˋ意ㄧˋ。

「這個人比國王有趣多了。」小王子自言自語。他又開始鼓掌，那位愛慕虛榮的人也再次舉起帽子向他致意。

過了五分鐘，小王子開始厭倦這個單調的遊戲。他說：

「怎麼做才能讓你把帽子拿下來？」

愛慕虛榮的人沒聽到，他只聽得見讚美的話。

「你真的很崇拜我嗎？」他問小王子。

「崇拜？那是什麼意思？」

「崇拜嘛！就是你出自內心承認我是這個星球上最英俊、衣服最漂亮、最富有，也是最聰明的人。」

「可是你的星球只有你一個人呀！」

「不管，繼續崇拜我吧！」

「我很崇拜你。」小王子聳聳肩：「可是為什麼你只在意這件事呢？」小王子說完就離開了。

「這些大人真的很奇怪。」小王子踏上旅途，邊喃喃自語地說。

十ㄕˊ二ˋ

　　小ㄒㄧㄠˇ王ㄨㄤˊ子ˇ拜ㄅㄞˋ訪ㄈㄤˇ的ㄉㄜ˙下ㄒㄧㄚˋ一ㄧˋ顆ㄎㄜ星ㄒㄧㄥ球ㄑㄧㄡˊ住ㄓㄨˋ了ㄌㄜ˙一ㄧˊ個ㄍㄜˋ酒ㄐㄧㄡˇ鬼ㄍㄨㄟˇ。這ㄓㄜˋ次ㄘˋ拜ㄅㄞˋ訪ㄈㄤˇ十ㄕˊ分ㄈㄣ倉ㄘㄤ卒ㄘㄨˋ，卻ㄑㄩㄝˋ讓ㄖㄤˋ小ㄒㄧㄠˇ王ㄨㄤˊ子ˇ非ㄈㄟ常ㄔㄤˊ憂ㄧㄡ鬱ㄩˋ。

　　「你ㄋㄧˇ在ㄗㄞˋ做ㄗㄨㄛˋ什ㄕㄣˊ麼ㄇㄜ˙？」

小王子問酒鬼。酒鬼默默地坐在一堆酒和空瓶前面。

「我在喝酒。」酒鬼陰沉地回答。

「你為什麼要喝酒？」小王子問。

「為了遺忘。」酒鬼回答。

小王子覺得酒鬼很可憐，又問他：「你想遺忘什麼呢？」

「忘掉我的羞愧。」酒鬼低下頭。

「什麼事情讓你感到羞愧？」小王子真的覺得他很可憐。

「我因為酗酒而感到羞愧。」酒鬼說完就再也沒有開口。

小王子困惑地離開了。

旅途中他不斷地對自己說：「大人真的非常非常奇怪。」

十三

　　第四顆星球住著一位商人。他正忙得不可開交，小王子抵達的時候，連頭也沒有抬一下。

　　「您好！」小王子對他說：「您的香菸熄了。」

　　「三加二等於五，五加七等於十二，十二加三等於十五。你好。十五加七等於二十二，二十二加六等於二十八。我沒時間點火。二十六加五等於三十一。喔！一共是五億一百六十二萬二千七百三十一。」

　　「五億什麼？」

　　「嗯？你還在這裡？五億一百萬

的……我也不知道我在說什麼，我的工作太多了，我是個認真的人，我對閒聊沒興趣！二加五等於七……」

「五億一百萬的什麼？」小王子再次問他。一旦提出問題，小王子就不會放棄。

這個商人終於抬起頭：「我住在這個星球五十四年以來，只被打擾過三次。第一次是在二十二年前，不知從哪兒飛來一隻金龜子，牠發出可怕的噪音，害我一筆帳目出錯四個地方；第二次是十一年前，我的風濕發作，因為長期缺乏運動，根本沒時間散步。我是一個很認真的人。現在就是第三次！我剛剛說是五億一百萬……」

「上億的什麼？」

這個商人知道今天不得安寧了。

他說：

「上億一個小東西，有時候可以在天上看到的小東西。」

「是蒼蠅嗎？」

「不是，是那些小小的、亮晶晶的東西！」

「蜜蜂？」

「不對。是那種會發亮的小東西，讓無所事事的人看著看著就會作白日夢。但我是個認真的人，我沒時間作夢。」

「啊！是星星？」

「對，就是星星。」

「你數五億一百萬顆星星做什麼？」

「是五億一百六十二萬二千七百三十一顆星星。我是認真的人，我很講求精確。」

「你數這些星星做什麼？」

「你是說，我為什麼要數它們？」

「對。」

「沒有為什麼，星星是屬於我的。」

「星星是屬於你的？」

「是的。」

「我才剛遇見一位國王，他統治一切，包括……」

「國王並不擁有這些東西，他們只是統治。這是不一樣的。」

「擁有那些星星對你有什麼好處？」

「可以讓我富有呀！」

「變成有錢人對你有什麼用？」

「如果有人發現新的星星的話，我就可以買下它。」

小王子心想，這個傢伙的理論跟

酒鬼有點像。

他還是有些疑問：

「一個人怎麼擁有星星呢？」

「不然你覺得星星是屬於誰的？」商人不太高興。

「我不知道，不屬於任何人吧！」

「那這些星星就是我的，是我最先想到的。」

「這樣可以嗎？」

「當然可以！如果你發現一顆鑽石，它不屬於別人，那就是你的。當你發現一個不屬於任何人的孤島，它就屬於你。你只要有一個新的想法，你可以申請專利，那這個點子就屬於你。在我之前沒有任何人想要擁有星星，這些星星就是屬於我。」

「你說得好像有道理。」小王子說：「不過你要它們做什麼呢？」

「管理它們呀！我反覆計算它們，這個工作很不容易，但是我是一個認真的人。」商人回答。

小王子對這個答案不滿意。他說：「在我看來，假如我擁有一條圍巾，我會用這條圍巾圍住我的脖子；如果我擁有一朵花，我可以把它摘下來帶在身邊。但是你不能摘下這些星星啊！」

「我可以把它們存在銀行裡。」

「什麼意思？」

「意思就是說，我可以在一張紙上寫下我的星星的數目，然後鎖在抽屜裡。」

「這樣就可以了嗎？」

「這樣就夠了！」

小王子心想：「真有趣，聽起來滿有詩意的，不過並不是什麼重要的

事。」

　　對於什麼事是重要的，小王子的想法和大人很不一樣。

　　他說：「我擁有一朵花，每天為她澆水。我擁有三座火山，每個星期都會仔細打掃一遍，死火山也不例外，誰知道它會不會再噴火？我擁有火山和花，我對我的火山有用，對我的花也有用，但是你對那些星星一點用處也沒有。」

　　商人張大嘴巴卻說不出任何話。小王子離開了這座星球。

　　「大人實在太奇怪了！」一路上他不斷地對自己說。

十四

　　第五顆星球非常奇怪，它是所有星球中最小的，只容得下一盞路燈和一個點燈的人。小王子不明白，在天空的小角落裡，一個既沒有房子也沒有住戶的星球上，要一盞路燈和點燈人有什麼用。

　　「或許點燈人有些荒謬，但是他比那位國王、愛慕虛榮的人、商人和酒鬼都好，至少他的工作還算有意義。當他點亮路燈時，天空彷彿多了一顆閃亮的星星，多了一朵盛開的花。當他熄滅街燈時，好像他讓花朵和星星入睡。這真是美好的職業，而

且真的有所用處。」

小王子一登上星球，就滿懷尊敬向那位點燈人問好：

「早安！為什麼你把路燈熄了？」

「早安！這是命令。」點燈人回答。

「命令是什麼？」

「就是熄滅街燈。晚安！」他又再次點亮它。

「但是為什麼你又把它點亮了呢？」

「這也是命令。」點燈的人回答。

「我不懂。」小王子說。

「沒有好懂的。命令就是命令。早安！」他又熄滅了路燈。

然後他拿出紅格子手帕擦擦額頭，說：

「你不明白這個工作多可怕。以

前還好，早上熄燈，晚上點亮。剩下的時間可以休息……」

「為什麼現在命令改了？」

「命令沒有改變。」點燈人說：「問題是這個星球一年轉得比一年快，而命令卻從來沒有改過。」

「結果呢？」小王子問。

「現在一分鐘轉一次，連一秒休息的時間都沒有。我每分鐘要點一次燈還要熄一次燈！」

「好特別！這裡一天只有一分鐘！」

「一點也不特別。」點燈人說：「就在我們聊天時，已經過了一個月了。」

「一個月？」

「對，三十分鐘就是三十天。晚安！」

他又再度點亮路燈。

小王子很喜歡這個盡忠職守的人。他想起以前為了欣賞日落不斷地挪動椅子的事。小王子決定幫助點燈人。

「我有一個辦法，讓你想休息就能休息。」

「我無時無刻都想休息。」點燈人說。

原來盡忠職守和懶惰是可以同時存在的。

小王子繼續說明：

「你的星球這麼小，走三步就繞完了。你只要慢慢地走就可以讓自己一直處在白天的狀態。要是你想休息就照這樣走，你希望白天多長就有多長。」

「這方法幫不上忙。」點燈人說：

點 燈 人 的 工 作 真 的 很 辛 苦 。

「我這輩子最喜歡的就是睡覺。」

「真是不幸。」小王子說。

「真是不幸。」點燈人說：「早安！」

然後他又熄掉路燈。

小王子繼續他的旅程，一邊想著：「要是讓國王、酒鬼和商人看見點燈人，一定會嘲笑他。可是，只有他不讓我感到可笑。也許是因為他關心別的事，不是只想到自己。」

小王子嘆了一口氣：「在這群人之中，他是我唯一想交朋友的人，但是他的星球實在太小，容納不下兩個人……」小王子不敢承認的是，他捨不得離開這顆星球，是因為這裡二十四小時就有一千四百四十次日落！

十五

第六顆行星比前一個大了十倍。上面住著一位老先生，正在寫一本巨作。

「啊！探險家來了！」老先生看見小王子就大喊。

小王子坐在書桌旁邊，喘了口氣，他已經旅行好一段時間了。

「你從哪裡來？」老先生問。

「這本厚厚的書是什麼？你在這裡做什麼？」小王子問。

「我是地理學家。」老先生回答。

「什麼是地理學家？」

「地理學家就是學者，他知道什

麼地方有海洋、河流、城市、山脈
和沙漠。」

「聽起來很有意思，」小王子
說：「這才是真正的職業！」他朝星
球四周望了一眼，他從未見過這麼
壯觀的星球。

「你的星球好漂亮。這裡有海洋
嗎？」

「我不知道。」地理學家說。

「喔！」小王子有點失望。「有山
嗎？」

「我不知道！」地理學家說。

「這裡有城市、河流或沙漠

嗎？」

「我也不知道！」地理學家說。

「你不是地理學家嗎？」

「沒錯，」地理學家說：「你說的那些是探險家該做的事，地理學家的工作不是去計算城市、河流、山脈、海洋和沙漠。地理學家太重要了，他不能到處亂跑。他不能離開辦公室，不過他可以接見探險家。他向探險家提出問題，記錄探險家的所見所聞。假如他覺得某個探險家的故事很有趣，就得著手調查那位探險家的人格品行。」

「為什麼要這樣？」

「因為對地理學家寫的書來說，說謊的探險家會帶來災難。酒喝太多的探險家也是。」

「為什麼？」小王子問。

「因為喝醉的人會把一個東西看成兩個，然後地理學家就會把一座山寫成兩座山。」

「我認識一個人，讓他來當探險家的話一定很糟糕。」小王子說。

「很有可能。如果探險家的品行沒有問題，還得調查他的發現。」

「去現場看嗎？」

「不可能，那太麻煩了。我會要求探險家提出證據。假如他發現的是一座大山，就要帶一些石頭回來。」

地理學家突然興奮起來：「你是從遠方來的吧？你就是一位探險家，快介紹一下你的星球吧。」那位地理學家翻開筆記，開始削鉛筆。他習慣先用鉛筆記下探險家的描述，等探險家提供證據後，再用墨水筆記載下來。

「可以開始了嗎？」地理學家問。

「我住的地方，沒什麼有趣的。」小王子說：「那是一顆很小的星球。我有三座火山，兩座活的，一座死的。不過很難講。」

「很難講。」地理學家附和。

「我還有一朵花。」

「我們不會記錄花。」地理學家說。

「為什麼？花是最美麗的！」

「因為花轉瞬即逝。」

「什麼是『轉瞬即逝』？」

「地理學叢書是最嚴謹的書籍，這種書從來不會過時。山的位置幾乎不會改變，海洋也幾乎不會乾涸。我們記錄的是永恆。」

「可是死火山有可能再次爆發。」小王子打斷他的話：「什麼叫做

『轉瞬即逝』？」

「不管火山是死的或是活的，對我們來說都是一樣的。」地理學家說：「重要的是山本身，山是不會變換位置的。」

「但是『轉瞬即逝』是什麼意思？」小王子再三追問。一旦提出問題，他就不會放棄。

「意思是『可能很快就會消失』。」

「我的花很快就會消失嗎？」

「當然。」

「我的花是轉瞬即逝的。」小王子自言自語：「而且她只有四根刺可以保護自己，我卻把她孤單地留在那座星球上。」

小王子開始感到後悔，不過他馬上又打起精神。

「你可以建議我下一站該去哪裡嗎？」小王子問。

「地球。」地理學家說：「這個星球值得一看。」

於是小王子踏上旅途，心裡惦念著他的花。

十六

第七顆行星就是地球。

地球不是一顆普通的星球。這裡有一百一十個國王（當然沒少算黑人國王）、七千個地理學家、九十萬個商人、七百五十萬個酒鬼、三億一千一百萬個愛慕虛榮的人，也就是說，地球大約有二十億個大人。

為了讓你對地球有概括的認識，我要告訴你，在發明電力以前，地球的六大洲為了點亮路燈需要四十六萬二千五百一十一個人組成點燈大軍。

如果從遠一點的地方看過去，會發現這個景象非常壯觀。點燈隊伍

的動作就像歌劇院芭蕾舞者一樣秩序井然。路燈首先在紐西蘭和澳洲點燃，夜色籠罩大地，人們點好燈後就睡覺去了。接著是中國和西伯利亞點燈人上台，隨後也退到幕後，緊接著輪到俄羅斯和印度點燈人，而非洲和歐洲則在他們後面，最後輪到南美洲及北美洲，他們從來不會弄錯上場順序，真是屬害。

　　北極只有一個點燈人，南極也是，他們過著悠哉的生活，一年只需要工作兩次就足夠了。

十七

　　一個人若想賣弄聰明，說出來的話往往和事實有些出入。我在講點燈人的故事時，並不完全忠於實情，可能會讓不了解地球的人產生錯誤的印象。其實，人類在地球上占據的空間很小。如果把地球上的二十億人口聚集起來，讓他們緊緊靠在一起，只要一個長寬各二十公里的廣場就能容納所有的人，太平洋最小的島嶼就能裝下所有的人類。

　　當然，大人不會相信這些話，他們認為自己占據極大的空間，他們以為自己像猴麵包樹一樣重要。你可以

105

小王子非常驚訝，這裡連個人影都沒有。

建議他們動手算算看，大人最喜歡數字，這個建議會讓他們很開心。不過別浪費你自己的時間去計算，沒有必要，相信我。

　　小王子抵達地球時覺得很奇怪，為什麼連個人影都沒有。他開始擔心自己走錯星球時，看到沙地上有個閃耀著金黃月色的環狀物在移動，小王子小心謹慎地說：「晚安！」

　　「晚安！」蛇說。

　　「我現在在哪個星球？」小王子問。

　　「這是地球，這裡是非洲。」蛇回答。

　　「啊！地球上沒有人嗎？」

　　「這裡是沙漠，沙漠上沒有人，地球很大。」那條蛇說。

　　小王子坐在一塊石頭上，抬起頭

你真是一個奇怪的動物，身體細得像根手指。

仰望天空：「我常想，星星為什麼閃閃發亮，是不是為了讓每個人有一天都能重回自己的星球？你看，那是我的星星，剛好在我們正上方，但是它離我們好遠啊！」

「它很美。」那條蛇說：「你來這裡做什麼？」

「我和一朵花吵架了。」小王子說。

「喔！」蛇低嘆一聲，然後沉默下來。

「人類在哪裡？在沙漠裡感覺有點孤獨。」小王子開口。

「在人群中一樣會感到孤獨。」蛇說。

小王子靜靜地看著蛇。

「你真是一個奇怪的動物，身體細得像根手指。」小王子終於說道。

「也許吧，但是我的力量比國王的手指強大多了。」蛇說。

小王子笑了起來。

「你看起來一點都不強壯，你連腳都沒有，甚至不能去旅行……」

「我可以帶你到很遠很遠的地方，比任何船隻航行得更遠。」蛇說。牠將身體盤在小王子的腳上，像一只金色的鐲子。「被我碰到的人，我都可以把他送回家鄉。」蛇又說：「但是你這麼單純，而且還是從另一顆星球來的……」

小王子沒有回話。

「在這個花崗石組成的地球上，你顯得那麼弱小，要是有一天你很想念你的星球的話，我可以幫你，我可以……」

「啊！我懂你剛剛說的話的意

思，」小王子說：「不過，為什麼你講話總是像謎語？」

「這些謎語我都會解開。」蛇說。

於是他們再次沉默不語。

十八

　　小王子穿越沙漠期間，只遇見了一朵花。一朵不起眼的三片花瓣的花。

　　「早安！」小王子說。

　　「早安！」花說。

　　「你知道人們都在哪裡嗎？」小王

子有禮貌地問。

花兒記得某一天曾看見一支駱駝商隊經過，她說：

「人們嗎？嗯，大約六、七個，好多年前看見過他們，不過現在不知道要去哪裡找他們，他們像是被風吹著到處跑，他們沒有根，日子一定很辛苦。」

「再見！」小王子說。

「再見！」花說。

十九

　　小王子爬上一座高山。以前他所知道的山，只有家裡那三座只到他膝蓋高的火山。他還曾經把死火山拿來當作凳子。小王子喃喃自語：「從這麼高的山上，應該可以一眼望盡這個星球，還有所有的人！」

　　不過除了陡峭的懸崖峭壁，其他什麼都看不到。

　　「你好！」小王子試探性地說。

　　「你好……你好……」四周都是回音。

　　「你是誰啊？」小王子問。

　　「你是誰啊……你是誰啊……你是

這個星球的一切是那麼乾燥、陡峭又鋒利。

誰ㄟ啊ㄚ……」

　　「當ㄉㄤ我ㄨㄛ的ㄉㄜ朋ㄆㄥ友ㄧㄡ吧ㄅㄚ，我ㄨㄛ好ㄏㄠ孤ㄍㄨ單ㄉㄢ。」他ㄊㄚ
說ㄕㄨㄛ。

　　「我ㄨㄛ好ㄏㄠ孤ㄍㄨ單ㄉㄢ……我ㄨㄛ好ㄏㄠ孤ㄍㄨ單ㄉㄢ……我ㄨㄛ好ㄏㄠ
孤ㄍㄨ單ㄉㄢ……」

　　小ㄒㄧㄠ王ㄨㄤ子ㄗ心ㄒㄧㄣ想ㄒㄧㄤ：「好ㄏㄠ奇ㄑㄧ怪ㄍㄨㄞ的ㄉㄜ星ㄒㄧㄥ球ㄑㄧㄡ！
到ㄉㄠ處ㄔㄨ都ㄉㄡ那ㄋㄚ麼ㄇㄜ乾ㄍㄢ燥ㄗㄠ、那ㄋㄚ麼ㄇㄜ陡ㄉㄡ峭ㄑㄧㄠ、那ㄋㄚ麼ㄇㄜ鋒ㄈㄥ
利ㄌㄧ。人ㄖㄣ們ㄇㄣ一ㄧ點ㄉㄧㄢ想ㄒㄧㄤ像ㄒㄧㄤ力ㄌㄧ都ㄉㄡ沒ㄇㄟ有ㄧㄡ，只ㄓ會ㄏㄨㄟ重ㄔㄨㄥ
複ㄈㄨ別ㄅㄧㄝ人ㄖㄣ說ㄕㄨㄛ的ㄉㄜ話ㄏㄨㄚ。在ㄗㄞ我ㄨㄛ的ㄉㄜ星ㄒㄧㄥ球ㄑㄧㄡ上ㄕㄤ，我ㄨㄛ有ㄧㄡ
一ㄧ朵ㄉㄨㄛ花ㄏㄨㄚ，她ㄊㄚ總ㄗㄨㄥ是ㄕ先ㄒㄧㄢ開ㄎㄞ口ㄎㄡ說ㄕㄨㄛ話ㄏㄨㄚ……」

二十

　　小王子走了很久，經過沙漠、岩石和雪地之後，終於找到一條路，所有的路都通往人們居住的地方。

　　「妳們好！」他說。

　　這是一個玫瑰花園。

　　「你好！」玫瑰花說。

　　小王子看著這些花。她們長得跟他的那朵花一樣。

　　「妳們是什麼花？」小王子驚訝地問。

　　「我們是玫瑰花。」玫瑰花說。

　　「啊！」小王子覺得很傷心。那朵花曾經告訴他，她是全世界獨一無

二的玫瑰，而光是眼前這座花園就有五千朵跟她一模一樣的花。

「如果她看到這裡的花，一定會非常生氣，不知道會咳成什麼樣子，也許為了不被恥笑，會假裝自己快死了。這麼一來，我還得去照顧她，如果不理她，為了讓我內疚，她可能真的會讓自己死去……」

小王子繼續自言自語：「我一直以為我很富有，因為我有一朵獨一無二的花，但她其實只不過是一朵普通的玫瑰花。而我擁有的那朵花，加上那三座只有我膝蓋高的火山，其中一座還可能永遠不會再活動，無法使我成為一個王子……」

想著想著，小王子伏在草地上哭了起來。

他伏在草地上哭了起來。

二十一

這時，狐狸出現了。

「你好！」狐狸說。

「你好！」小王子彬彬有禮地回答。他轉身看看四周，卻什麼也沒有看到。

「我在這裡。」那聲音說：「在蘋果樹下。」

「你是誰？」小王子說：「你長得真可愛。」

「我是狐狸。」狐狸說。

「來跟我玩吧！」小王子提議：「我很悲傷。」

「我不能跟你玩，」狐狸說：「我

還沒被馴養。」

「啊，對不起！」小王子說。

他想了想，又說：

「什麼是『馴養』？」

「你不是這裡的人吧，你在找什麼？」

「我在找人類。」小王子說：「什麼叫『馴養』？」

「人類？」狐狸說：「他們有槍，到處打獵，真的很討厭。不過他們也養雞，這是他們唯一的優點。你在找雞嗎？」

「不，我在找朋友。什麼叫『馴養』？」

「這是一件大家早就忘記的事。」狐狸說：「馴養就是『建立關係』。」

「建立關係？」

「沒錯。」狐狸說：「對我來說，你不過是個小男孩，就像其他千千萬萬個小男孩一樣，我不需要你，你也不需要我。在你眼裡，我不過是一隻狐狸，跟其他狐狸一模一樣。可是，如果你馴養了我，我們就會彼此需要。你對我而言會是世界上獨一無二的，對你來說，我也會是世界上獨一無二的。」

「我開始有點懂了。」小王子說：「有一朵花，我想，我一定被她馴養了……」

「這是有可能的，」狐狸說：「地球上什麼事都可能發生。」

「哦！不是發生在地球上。」小王子說。

狐狸有點困惑：「在另一個星球上？」

「是。」

「那個星球上有獵人嗎？」

「沒有。」

「太有趣了，那雞呢？」

「沒有。」

「天底下沒有十全十美的事！」狐狸嘆了一口氣。

狐狸又回到原先的話題：

「我的生活很單調。我捉雞，獵人捉我。所有的雞都一樣，所有的人也一樣，我對生活感到厭倦。假如你馴養我，我的生活會改變。我會記住你的腳步聲，和其他人完全不一樣。其他的腳步聲讓我往洞裡躲藏，而你的腳步聲卻像天籟一樣把我從洞裡呼喚出來。還有，你看見那邊的麥田了嗎？我不吃麵包，麥子對我一點用處也沒有，麥田對我毫無意義，這有

點悲哀。但是因為你擁有一頭金髮，如果你馴養我，一切都會變得不一樣。金黃色的麥子會讓我想起你，我會變得喜歡聽風吹過麥田的聲音。」

狐狸不再開口，盯著小王子很久很久。

「請你馴養我吧！」他說。

「我很樂意。」小王子回答：「可是我沒有太多時間，我還要去尋找朋友，很多事情等著我去了解。」

「只有先馴養了事物之後，才能了解他們。」狐狸說：「人們沒有時間去了解任何東西，他們只在商人那裡購買現成的東西，但沒有商店賣『朋友』，很多人沒有朋友。假如你想得到一位

朋友，就馴養我吧！」

「我該怎麼做？」小王子問。

狐狸回答：「你要很有耐心。一開始先離我遠一點，像這樣，坐在草地上。我會用眼角餘光看看你，你不要說話，語言是誤會的源頭。不過，每天你都要坐靠近一點。」

第二天，小王子來了。

「你最好同一個時間來。」狐狸說：「假如你固定下午四點來，那麼我從三點就會開心地期待。時間越接近，幸福的感覺越強烈。到了四點鐘，我會開始坐立難安！這種期待讓我發現幸福是要付出代價的。如果你不是固定的時間過來，我不知道何時應該準備好迎接你的心情⋯⋯我們一定要有這個儀式。」

「儀式是什麼？」小王子問。

「這也是早就被人遺忘的事。」狐狸說：「儀式會讓某一天不同於其他的日子，讓某個時刻不同於其他的時刻。比如，那些獵人有一個儀式。每個星期四他們會跟村子裡的女孩跳舞。於是，星期四對我來說就是美好的日子！我可以在這一天放心散步，一直走到葡萄園都沒關係。如果獵人隨時可以去跳舞，那我就不會有假日了。」

就這樣，小王子馴養了狐狸。當小王子離開的時刻即將到來……

「啊！」狐狸說：「我要哭了。」

「這都是你的錯。」小王子說：「我從來都不想讓你難過，你卻要我馴養你。」

「是呀！都怪我。」狐狸說。

「但是你想哭了！」小王子說。

「當然！」狐狸說。

「這對你一點好處也沒有。」

「看那小麥的顏色。我並非一無所獲。」狐狸說。

他又接著說：

「你應該再去看看那些玫瑰花，現在你一定明白，你的花是世界上獨一無二的。當你回來跟我告別時，我會送你一個祕密作為臨別禮物。」

小王子回去看那些玫瑰花。

「妳們跟我那朵玫瑰花一點都不像，妳們什麼都不是，沒有人馴養妳們，妳們也沒有馴養過任何人。妳們就像我第一次見到的狐狸一樣，當時他只不過是千千萬萬狐狸中的一隻，但是我們成了朋友，他現在是世界上

獨一無二的狐狸了。」

那些玫瑰花顯得很不安。

「妳們很美麗，但是也很空虛。沒有人願意為妳們而死。當然，我的玫瑰花在一位路人的眼中看來，她跟妳們一模一樣，但是對我來說，她比妳們全部加起來還要重要。因為是她，我才天天澆水；因為是她，我才小心翼翼拿玻璃罩蓋住；因為是她，我才用屏風遮蔽強風；因為是她，我才耐心除掉她身上的毛毛蟲（只留下兩、三隻好變成蝴蝶）；因為是她，我才聽她發牢騷、聽她自吹自擂，甚至有時候一言不發。因為她是我的玫瑰花。」

他回到狐狸身邊。

「再見！」小王子說。

假如你固定下午四點來，那麼我從三點就會開心地期待。

「再見！」狐狸說：「我的祕密非常簡單：只有用心才能看見，真正重要的東西是用眼睛看不到的。」

　　「真正重要的東西是用眼睛看不到的。」小王子重複了一次，這樣才能牢牢記在心裡。

　　「你為你的玫瑰付出的時光，讓你的玫瑰變得如此重要。」

　　「我為我的玫瑰付出的時光……」為了記住這句話，小王子又重複了一次。

　　「人類早就忘記這個道理，但是你絕對不能忘記。你永遠要對你所馴養的一切負責，你要對你的玫瑰負責。」

　　「我要對我的玫瑰負責。」小王子再重複一次，決定牢牢記住這些話。

二十二

「你好！」小王子說。

「你好！」鐵路工人說。

「你在這裡做什麼？」小王子問。

「我在分配旅客，每次一千人。」鐵路工人說：「我負責調度載運旅客的列車，指引它們往右或往左。」

就在他們說話時，一輛燈火通明的快車呼嘯而過，發出轟隆隆的聲音，鐵道工人的房子都震動起來。

「他們真匆忙呀！」小王子說：「這些人在找什麼嗎？」

「連開火車的人都不知道。」鐵路工人說。

第二列燈火通明的列車從反方向疾駛而過。

　　「他們這麼快就回來了？」小王子問。

　　「這不是同一輛車。」鐵路工人說：「這是兩列對開的火車。」

　　「他們不滿意原先住的地方嗎？」

　　「人們從來不會安於自己原先待著的地方。」鐵路工人說。

　　第三列快車又轟隆隆地經過。

　　「他們是在追第一批旅客嗎？」小王子問。

　　「他們沒有在追什麼。」鐵路工人說：「他們只會在車上睡覺，只有孩子會把鼻子貼在車窗往外看。」

　　「只有孩子們知道自己要什麼。」小王子說：「他們會為一個布娃娃花

136

很多時間，布娃娃對他們而言很重要，如果有人搶了他們的布娃娃，他們會大哭。」

「是呀！孩子真幸運。」鐵路工人說。

二十三

「你好！」小王子說。

「你好！」這是一個賣止渴特效藥的商人，每個星期只要吃一顆就可以不用喝水。

「你為什麼要賣這個東西呢？」小王子問。

「可以節省很多時間。」商人說：「專家統計過，每個人一星期可以省下五十三分鐘。」

「那這五十三分鐘要做什麼？」

「隨便想做什麼都可以。」

小王子喃喃自語：「如果我有多出來的五十三分鐘，我會悠閒地往泉水走過去……」

二十四

　　飛機在沙漠裡故障已經第八天了，我聽他說完商人的故事，一邊喝完最後一滴水。

　　「你的這些回憶真美，」我對小王子說：「可惜我的飛機還沒修理好，我沒有水可以喝了，假如我也能夠悠閒地往泉水走去，我也會覺得很幸福！」

　　「我的朋友狐狸⋯⋯」他告訴我。

　　「小朋友，狐狸發生什麼事不重要了！」

　　「為什麼？」

　　「我們馬上要渴死了。」

小王子不明白我的意思，回答我說：「就算快死了，曾經交過一個朋友也是好事。我很高興能有狐狸這個朋友。」

　　「他不知道這有多危險，」我心想：「他從來不餓也不渴，只要一點點陽光，他就滿足了……」

　　他看著我，回答了我心裡的話：「我也很渴……我們去找一口井吧……」

　　聽完這句話，我有點沮喪。在這廣大的沙漠裡，要找到一口井簡直難如登天。不過，我們還是出發去找井水。

　　我們不發一語地走了好幾個小時後，夜幕低垂，星星開始閃爍。我因為口渴而開始發燒，我望著那些星星，好像是在作夢一樣。小王子說的

話在我的腦海裡迴盪……

「你也會覺得口渴嗎？」我問他。他沒有回答我的問題，只是對我說：「水對心靈也是很好的。」

我不懂他的話是什麼意思，但我沒說什麼。我知道不應該問他，他走累了，就地坐下來。我坐在他旁邊。一陣沉默後，他又說：「那些星星很美，因為有一朵我們看不見的花在那裡。」

「嗯。」我回答。默默地眺望月光下的沙丘。

「沙漠很美。」他又說。

這是真的。我一直很喜歡沙漠。坐在沙丘上，什麼也看不見、聽不見，但是一片寂靜當中，卻有什麼在發亮……

小王子說：「沙漠如此美麗，是

因為在某個角落裡藏著一口水井……」

我很驚訝，突然明白沙漠為何閃著神祕的光芒。小時候我曾經住在一個古老的房子裡，傳說房子裡埋著一個寶藏。當然，沒有人知道該如何去找這個寶藏，也沒有人找過它。雖然如此，這個傳說卻讓整座房子充滿了神祕感。我家的房子在心底深處藏著一個祕密……

「沒錯，」我對小王子說：「不管是房子、星星或沙漠，讓它們動人的都是因為看不見的東西！」

「我很高興你同意我的狐狸說的話。」

小王子睡著了，我抱著他繼續往前走。我的心情十分激動，彷彿懷中抱著一件脆弱的珍寶，我知道地球上再沒有比他更脆弱的東西了。月光

下，我凝視他蒼白的額頭、閉著的雙眼，以及隨風飄動的髮絲，心想：「我看到的不過是外表，最重要的東西是眼睛看不見的……」

小王子沉浸在夢中，他的嘴微張，露出一絲微笑。我心裡又想：「小王子讓我深深地感動，是因為他對那朵花的心意，是因為那朵花像盞燈一樣，照亮了他，即使睡著的時候也是如此……」

我覺得他變得更脆弱了，我得好好保護他，因為他脆弱得像一陣風就能吹熄的燭火。

就這樣，我繼續向前走，破曉時分，我終於看到一口水井。

二十五

小王子說：「那些人擠進快車裡，卻不知道自己在尋找什麼，整天忙得團團轉。」他接著又說：「其實不需要這麼辛苦的。」

我們終於找到的這口井和撒哈拉沙漠中的其他水井不太一樣。撒哈拉沙漠的水井通常就是在地上挖一個洞，但是這口井卻跟村莊裡的井很像，可是附近並沒有任何村莊，我以為自己在作夢。

我對小王子說：「真奇怪，沙漠中的井竟然有滑輪、水桶和繩子。」

147

小王子笑了，拿起繩子，轉動滑輪。滑輪被轉得吱吱作響，像很久沒被風吹過的老舊風向儀一樣。

「你聽到了嗎，」小王子說：「我們叫醒了這口井，它在唱歌……」

我不希望他太勞累。

「讓我來吧！」我對他說：「這對你來說太重了。」

我慢慢地拉起水桶放在井邊。耳邊滑輪的歌聲依舊，波動的水面上還看得見晃動的太陽。

「我好渴，給我一些水……」

我突然明白他在尋找的是什麼！

我提起水桶放在他的嘴邊，他閉上眼睛靜靜地喝著，臉上的表情如此滿足。這時候的水對我們來說不只是食物，它誕生自星光下的跋涉、滑輪的歌唱和我雙手的努力。它像禮物

小王子笑了，拿起繩子，轉動滑輪。

一樣滿足心靈。這種感覺就像當我還是小男孩的時候，聖誕樹上的燈飾、午夜彌撒的樂聲，以及人們甜蜜的笑聲，因為這一切，我的聖誕禮物才會那麼美好。

「地球上的人在一座花園裡種了五千朵玫瑰，卻找不到他們想要尋找的……」小王子說。

「他們找不到的。」我回答。

「其實他們尋找的東西就在一朵玫瑰花或一滴水裡……」

「沒錯。」我回答。

小王子又說：「用眼睛什麼都看不到，要用心去尋找才行。」

我喝了水，呼吸舒暢多了，沙漠在曙光下像蜜一樣，這蜜色般的光彩讓我感到幸福，不知為什麼卻也讓我

感到悲傷……

「你應該實現你的諾言。」小王子重新坐在我身邊，輕輕地對我說。

「什麼諾言？」

「你忘了……替我的綿羊畫一個嘴套……我得對我的花負責。」

我從口袋裡掏出畫稿。小王子看了，笑著說：「你的猴麵包樹看起來像高麗菜。」

「喔！」我一直以自己畫的猴麵包樹為傲。

「你畫的狐狸，那兩隻耳朵看起來像角，太長了！」他又笑了。

「這不公平，小朋友，我只會畫蟒蛇啊。」

「喔！沒有關係，」他說：「孩子都看得懂的。」

我用鉛筆畫了一個嘴套。當我拿

給他的時候心裡一陣難過。「你有什麼計畫是我不知道的。」

他沒有回答我，只是說：「你知道嗎，明天我到地球就滿一年了。」

他沉默了一會兒，又說：「我當時就掉在附近……」

他臉紅了。

不知道為什麼，我感覺到一種莫名的悲傷。我突然想起一個問題：「一星期以前，我遇見你的那個早上，你獨自一個人漫無目的地走著，並不是偶然的吧！那時你是準備回到你降落的地方？」

小王子又臉紅了。

我猶豫了一會兒，繼續問：「是因為滿一年的關係嗎？」

小王子的臉又紅了。他從來不回答我的問題，但是當人臉紅時不就表

示默認了嗎？

「啊！」我對他說：「我怕……」

但他卻回答我說：「你現在應該回去工作了。回到那台機器那裡，我在這裡等你，你明天晚上再來……」

但是我放心不下。我想起狐狸的話，如果你讓自己被馴養，可能會想哭……

二十六

　　水井旁邊有一座殘缺不堪的舊石牆。第二天晚上我工作結束回來的時候，遠遠就看到小王子坐在石牆上，兩腳晃啊晃。我聽見他在說話。

　　「你忘記了嗎？」他說：「不是這裡！」

　　應該有另一個聲音和他對答，因為他說：「不！不！時間沒錯，但不是在這裡……」

　　我向那道牆走過去，卻看不見任何人，也聽不見任何聲音。可是小王子又回答：「當然，你會看到我最初留在沙漠上的腳印，在那裡等我就可以

了，今天晚上我會去那裡。」

我離那座牆不過二十公尺，卻還是什麼也沒看到。

小王子沉默了一會兒，又說：「你的毒液夠毒嗎？你確定不會讓我痛苦太久？」

我停下腳步，心裡一陣刺痛，不過我始終不明白。

「你走吧，」他說：「我要下去了！」

我把視線移往牆腳，馬上嚇出一身冷汗！眼前是一條三十秒以內足以致人於死的黃色毒蛇，正面對著小王子。我急忙把手伸進口袋想掏出手槍，奔向小王子，那條蛇一聽到我的腳步聲，像凝固的水柱一樣無聲無息鑽進沙地裡，還發出磨擦金屬般細微的聲音。

「你走吧，我要下去了！」小王子說。

我到牆邊的時候，小王子正好跳下來，落在我懷裡。他的臉色像雪一樣蒼白。

　　「這到底是怎麼回事？你居然在跟蛇說話！」

　　我鬆開他經常戴在身上的金色圍巾，用水沾濕他的太陽穴，還給他喝了一些水。我什麼問題都不敢問。他認真地看著我，用雙臂摟著我的脖子。我可以感覺到他的心跳，像一隻瀕臨死亡的小鳥般微弱。

　　「我很高興你終於修好那台機器，你馬上就可以回家了……」

　　「你怎麼知道？」

　　我就是來告訴他，我竟然修好引擎了。

　　他沒有回答我的問題，只是接著說：「我今天也要回家了……」

然後他憂傷地說：「回家的路程很遠……也很艱難……」

我有一種不祥的感覺。我緊緊抱住他，可是他好像正迅速落向一個無底的深淵，我想拉住他，卻沒有辦法……

他的眼神認真地望著非常遠的地方。

「我有你畫的綿羊，有裝綿羊的箱子，還有個嘴套……」

他露出悲傷的微笑。

我等了很久，感覺到他的身體慢慢暖和起來。

「小王子，你不要害怕。」

他當然害怕，但他溫柔地笑著說：「今天晚上我會更害怕的……」

我再次預感有什麼無可挽回的事將要發生，一想到自己再也不能聽

到小王子的笑聲，就忍不住傷心。他的笑聲對我來說像沙漠中的清泉。

「小王子，我還想聽到你的笑聲……」

但是他說：「今天晚上剛好一整年。我的星球會正好走到去年我降落地點的正上方……」

「小王子，告訴我，那條蛇、那個約定，還有星星，都只是一場惡夢吧？」

他沒有回答我的問題，只是對我說：「重要的東西是肉眼看不見的……」

「我知道……」

「就像花，如果你愛上一朵住在遙遠星球上的花，晚上只要仰望星空就會覺得很幸福，好像天空中所有星星都開著花。」

「我知道……」

「沙漠裡的水也是。因為滾輪和那條繩子的聲音，你給我喝的水就像天籟……你記得吧，那水多香甜。」

「我知道……」

「晚上你會抬頭仰望星空。我的星球太小，沒辦法指給你看它在哪裡。其實這樣更好，在你眼裡，我的星星將是這眾多星星中的一顆……這些星星都將成為你的朋友。對了，我要送你一件禮物……」

小王子又笑了。

「啊！小王子，我多麼喜歡聽你的笑聲！」

「這就是我的禮物。就像……像水一樣。」

「這是什麼意思？」

「星星在不同人眼裡代表的東

西都不一樣。在旅行者眼裡，星星是嚮導。在其他人眼裡，星星不過是夜空中的小亮光。在科學家眼裡，星星是研究課題。在我碰到的那個商人眼裡，星星是財富。但是，所有的星星都是沉默的。只有你擁有星星的方式和別人不一樣……」

「這是什麼意思？」

「當你仰望星空的時候，因為我住在其中一顆星星上，因為我會在其中一顆星星上笑著，在你眼裡，彷彿所有的星星笑了。只有你擁有會笑的星星！」

說著說著，他又笑了起來。

「當你感到心情平靜以後，你會因為認識了我而高興。你永遠是我的朋友，你會想跟我一起笑。你會經常打開窗，你的朋友可能會因為你

望著天空笑著而覺得奇怪，你可以對他們說：『是的，這些星星總讓我想笑！』他們會認為你瘋了，這就是我的惡作劇……」

他又笑了。

「這就好像我給你的不是星星，而是給了你一些會笑的小鈴鐺。」

他又笑了，不過很快就一臉認真。

「今天晚上……你知道的……你不要來。」

「我不會離開你。」

「我的樣子會看起來很痛苦……像快死了一樣。就這樣，別來看我……」

「我不會離開你。」

可是他很擔心。「告訴你這些……也是因為那條蛇，千萬別讓牠咬了……

蛇是很壞的，牠會為了好玩而咬
人……」

「我不會離開你。」

有個想法讓他稍微放心。「牠咬
的第二口就沒有毒液了……」

那天晚上，我沒有看到他出發。他無聲無息地溜走。當我追上他時，他毫不猶豫地快步向前。他只對我說：「啊！你來了……」他牽著我的手，擔心地說：「你不該來，你會難過的，我會看起來像死去一樣，不過這不是事實……」

我沉默不語。

「你知道嗎，路太遠了，我沒辦法帶走我的身軀，太重了。」

我沉默不語。

「這就像老樹皮脫落，不必傷心。」

我依然沉默不語。

他有點氣餒，但又繼續努力。

「一切將會變好。我也會望著星星，所有星星都像是帶著生鏽滑輪的井，每一顆星星都會倒水給我喝……」

我依然沉默不語。

「這會變得很好玩！你擁有五億個鈴鐺，而我擁有五億口水井……」

小王子不再說話，因為他哭了……

「就在那裡，讓我獨自一人走過去。」

但是他坐了下來，因為他心裡害怕。

他又說：「你知道……我的花……我要對她負責！她那麼弱小，又那麼天真。她只有四根刺可以保護自己……」

我也坐在那裡，因為再也站不住了。

「就這樣了……」

他猶豫了一會兒，然後站起來。他踏出一步，我卻動彈不得。

他倒在沙地上，沒有發出一點聲音。

一道黃色光芒閃過他的腳踝，他一動也不動地站著。他沒有喊出聲音，緩緩地像棵樹一般倒下。他倒在沙地上，沒有發出一點聲音。

二十七

　　六年過去了……我從來沒有告訴別人這個故事。夥伴們非常高興看到我平安生還。我看起來很悲傷，但我對大家說：「也許是太疲倦了……」
　　我的心情現在有點平靜了。也就是說，我還沒有完全康復。可是我知道小王子已經回到他的星球，因為那天清晨，我沒有找到他的軀體，他的軀體並沒有想像中那麼重……此後，我開始喜歡在夜裡聆聽那些星星，像是五億個叮叮作響的小鈴鐺……
　　不過發生了一點點小意外，我替小王子畫的那個嘴套忘記裝上皮帶，

它永遠無法牢牢地套在綿羊嘴上，我猜想著：「那個星球上會發生什麼事？也許那隻綿羊早就把那朵花吃掉了……」

有時候我會對自己說：「絕對不會發生這種事！小王子每天晚上都會用玻璃罩蓋住他的花，而且他會好好地看著那隻綿羊……」想到這裡我就覺得很高興，滿天的星星也都溫柔地笑著。

但是有時候，我又會對自己說：「人難免有疏忽的時候，一旦發生就糟了！要是某個晚上他忘記蓋玻璃罩，或是那隻綿羊無聲無息地溜出來……」想到這裡，滿天的小鈴鐺都變成了淚珠。

這件事成為一個巨大的謎團。

對於和我一樣喜歡小王子的人而言，如果在我們不知道的地方，那隻我們看不見的綿羊，吃了一朵玫瑰花，或沒有吃玫瑰花，整個宇宙就會完全不同。

看著天空，問問你自己：「綿羊把那朵花吃掉了沒有？」然後，你會發現一切都變了……

大人永遠不會明白這個問題有多麼重要！

對我來說，它是世界上最美麗，也是最讓人悲傷的地方。這和前幾頁畫的是同樣的景色，為了讓你們牢牢記住，我又畫了一次。小王子就是在這裡降落到地球上，也是從這個地方離開的。

　　請仔細看清楚，如果有一天你到非洲沙漠旅行，就可以輕易地認出這個地方。如果你有機會經過這裡，請不要匆匆走過，請在那顆星星的下面待一段時間。如果這時候有一個金黃色頭髮的小孩子笑著向你走過來，如果問他問題卻不回答，那麼，我想你們就知道他是誰了。請幫我一個忙，別再讓我如此悲傷，請盡快寫信告訴我，他回來了⋯⋯

愛經典 009

小王子 Le Petit Prince 【注音版】

作者：

安東尼‧聖修伯里（Antoine de
Saint-Exupéry）｜譯者：艾林｜出版者：愛米
粒出版有限公司｜地址：台北市 10445 中山北路二段
26 巷 2 號 2 樓｜編輯部專線：（02）25622159｜傳眞：（02）
25818761｜【如果您對本書或本出版公司有任何意見，歡迎來電】｜
總編輯：陳銘民｜法律顧問：陳思成｜印刷：上好印刷股份有限公
司｜電話：（04）23150280｜初版：二〇一五年（民 104）十月十
日｜二版四刷：二〇二三年（民 112）八月十一日｜定價：250 元｜
讀者專線：02-23672044 / 04-23595819#212｜讀者傳眞：02-23635741
/ 04-23595493 E-mail：service@morningstar.com.tw｜晨星網路書
店：http://www.morningstar.com.tw｜國際書碼：978-986-96783-
7-7｜CIP：876.59/107018065｜版權所有‧翻印必究｜如有
破損或裝訂錯誤，請寄回本公司更換

因為閱讀，我們放膽作夢，恣意飛翔。在看書成了非必要奢侈品，文學小說式
微的年代，愛米粒堅持出版好看的故事，讓世界多一點想像力，多一點希望。

愛米粒出版

愛米粒 FB

填寫線上回函
送購書金